葡萄の香り、噴水の匂い

大田美和

北冬舎

葡萄の香り、噴水の匂い☼目次

Ⅳ

カバー画＝上野省策
「憂愁」
装丁＝大原信泉

葡萄の香り、噴水の匂い

I

雪が消えるまで

一九八三年、日本は、「女子に対するあらゆる形態の差別の撤廃に関する条約」を批准。
一九八六年、男女雇用機会均等法施行。一九九九年、男女共同参画社会基本法施行。

降り始めた雪を着て出る「夜中にきみに話しかけたかった」と言われる前に

天井の高さが自慢の古い家がゴシック空間に変わりゆくまで

壊れてないカップルを一つ知っている　奥さんが時々壊れて続く

「バターと砂糖と粉をきっちり量ったらあとは簡単」離婚しました

授業の始末を終えてお茶飲む午後六時頭が冴えてくる帰りたくない

無能さを思い知りつつ乗ると決めた船から降りるわけにもいかず

願わくば大田の失態として記憶せよ女の教授の失態でなく

三十品目神話に潰されそうになりカップラーメンで息抜きをする

おみおつけ残すなと君が子どもらに怒鳴り出す前に飲んでしまった

死ぬのも嫌で死なれるのも嫌　家族持ちに付随してくる幸と不幸と

勤め先の大学では、育児休業ばかりか、子どもの看護休暇までも保証されている。ところが、教員によるこれまでの育児休業取得実績はゼロである。近年、女性の採用が急増したとはいえ、たとえば文学部の専任の女性教員の割合は、わずか十一パーセントにすぎない。

夢のわたしは今日も子どもを寝かしつけ深夜の研究室に出かける

ジェンダー講座の学生いわく「平等と幸福は必ずしも両立しない」

portable warmer の子がしがみつきあなたの部屋に今日も行けない

目詰まりのした粉ふるいを濡れたヘラで扱うみたいな家庭実習

ダマが出来たら木杓子を網にこすりつけそっと押し……てももう戻らない

クッキーの生地と子どもを寝かしつけ起きた子どもと型抜きをした

二人の病児を連れて疲れた母親に道譲らせて舌打ちをする

*

東京都現代美術館の周辺には、再開発が中途半端に終わった貧しい町並みが続いている。しかし、問題は、この巨大な箱とその周囲にこれから何を入れていくかということだろう。「愛と孤独、そして笑い」という展覧会のタイトルの横に、「愛・理性及び勇気」（与謝野晶子）と書き付けてみる。

サイトマップを開いてみても餡こ屋も定食屋もなしヴァーチャルな街

豆腐買うみたいに誰か鍋提げて「餡こ下さい」暖簾をくぐる

道路拡張用地ぽかりとある先のほっかほか亭に人々並ぶ

言葉の壁を易々と越える映像に嫉妬して読む英語の字幕

膣の奥に次々に手が生えてきて「おいで、おいでよ」精子を招く

ヒースクリフはやはり〈女〉だ窓の外の荒野のキャシーの挿入を待つ

ピカソさんはどうもお尻が好きだったらしいと子らに教わった夏

ああ愉快、子が動くたび番人が血相変えてすっ飛んでくる

そう言えば公園番という厭なやつが酸っぱい顔でトーベ・ヤンソン

連れ合いは頭しらみシャンプーと子どもたちに振り回されてとっくに寝てる

嬉しくも腹立たしくも子どもより妻が大事の男なりけり

ポケモンのクライマックスを遮って美術を語る親うるさかろ

雪が消えるまでの底冷え足下に君が沸かした湯たんぽふたつ

Come, September

英国の学会に出席するため、パスポートを作りに行った。「旧姓併記したい」と、大田宛の英文の手紙を見せたら、「できません」。ところが、外務省に問い合わせてもらうと、即座にOKが出て、担当職員はビックリ。「世の中変わるんですね……。でも、今の日本の法律では大田美和という人は存在しないんですよ」「そのとおりですね」と愛想笑いを返すほかはなかった。

ロンドンで聴く「わが祖国」nationとcountryとの温度差と時差

九月、チュニジア大学のサマースクールから東洋史専攻の学生が帰国。

アジアになぜ目を向けないかイスラムの炎に灼かれ学生帰る

マフマルバフをチュニスの人はどう見てた遠い場所、遠い人たちの声

サミラ・マフマルバフの映画『午後の五時』ではロルカの詩が朗読される。

午後の五時、午後の五時という繰り返しイラン、アフガン、日本に響け

ほんのわずかな出会いといえどささやかな地割れ始まり世界が開く

9・11のあともアジアの人として生きる希望はアマルティア・セン

ロンドンのテムズ川南岸にはシェイクスピア時代の劇場を再現したシェイクスピア・グローブ座がある。

地球座の舞台中央突き出した樫《オーク》はるかに能舞台見ゆ

女の羽衣

列車の入るプラットホームが決まるまで蒸し暑いバーでコーヒーを飲む

おつりもらって very much まで丁寧にお礼するのは老いた旅人

「え、何だって？」振り返ってもケイタイに応える女がそこにいるだけ

明日の晩の食事に誘うケイタイの声の人生に一瞬触れる

＊

国際ジョージ・エリオット会議（ウォリック大学）。

合図がなくても次々鳴り出す楽器たち国際会議の質疑応答

着うたがセミナーの最中に届いても誰も気にせず個人主義だから

南半球の真冬から来てひどい咳に苦しむ教授発言をやめず

日本人の無邪気なサイードへの興味イスラエル人の即座の反論

文学研究の質疑応答に乱れ飛ぶ「難民」「サイード」「ブッシュ」「フェミニズム」

宇宙飛行士毛利さんさえ豪州で初めて知った学ぶ喜び

ときどきふわっと聴こえなくなるデイヴィッドのスコットランド訛りの英語

＊

文学愛好家、臆せず理論家に質問す。

あなたの理論は素晴らしいけど愛すべき登場人物《マギーとトム》はどこへ行ったの

参加者の言葉はじけて響き合う　ああ、これが詩のワークショップ

ジャッキー・ケイのポエトリー・リーディング　Why don't you stop talking?

詩はボール　投げて拾って受けとめて笑って息を呑んで驚く

＊

短歌の英訳は可能か。

能舞台の鼓のようなものですと悔しまぎれに言ったところで

ブライスのような哲学的な裏付けのなければ所詮長めの Haiku

＊

旅先の便座に座るたび思うたしかに You are what you eat（健康は食べ物次第）

仕事は女の羽衣なれば二人子の年を聞かれて即答できず

パスポートの中の二つの名字にはおさまりきれない無数の私

コヴェントリーから列車でロンドンに戻る。

ルビーフルーツ指を濡らして分かち合う英国中部《ミッドランド》の走り去る夏

テロ警戒のため手荷物の刃物はすべて没収される。

ヒースロー・エクスプレスの折り畳み椅子に置かれた子どものハサミ

*

新学期の日本の教室。

指揮者が合図しても鳴らない——「この音でいいのでしょうか」学生が聞く

らっきょう

サマーワだろうとカブールだろうと粛々と輸送されていく　仕事ですから

石垣の石をくずして遊ぶ父五歳をつまみ上げた祖父の手

三千人の村に聳える忠魂碑三十八の中の祖父の名

兵送る立場に苦しみ兵学校の職辞してまもなく召集されき

甲虫の豊かな島に父と子と祖父の慰霊の旅へと誘う

赤ちゃんの弟の面倒を見よという伯父によく似た優しい筆跡

「家事は仕事じゃない」祖母が絞る雑巾はいつもぽたぽた水が落ちていた

犬の餌入れみたいな金物におかず入れて三男一女育てあげたり

子を思え祖母に諭され父宛のらっきょうを母は私に廻す

小指よりも痩せたらっきょうも丁寧に泥を落として漬け物とする

戦後はじめて兵を送ったドイツには反アメリカの気骨があるぞ

小休止のバーで周りを寄せ付けずコーヒーを飲む黛敏郎

よくなることはもうないと言い海沿いのホームに祖母を父が見舞えり

石を穿つ雨

花の季節に、勤め先の文学部のリレー講義の準備をし、「ジェンダーの視点」という話をした。東京都による養護学校の性教育妨害から始めて、イラクの日本人人質の「自己責任」報道に触れ、援助交際の十二歳の「自己責任」を問うた判決を批判する。ネオリベラリズムの潮流に対するささやかな抵抗になっただろうか？

いくつもの出逢いと出逢い損ないをただ見るのみに年古る桜

冬越しのあとあっけなく息絶えるカナヘビはベリーの花陰に埋《い》け

脱皮の手順を一つまちがえ絶命したザリガニを子と一緒に埋める

開花促す陽にだまされて孵化したるカマキリの子は氷雨に滅ぶ

満開のインターネットサイトにはジェンダー論への悪意と曲解

歩くコンプレックスと攻撃されるは別姓推進派、非嫡出子、笹川議員

西早稲田の桜五分咲き査読した論文届けてまたバスに乗る

連れ立ちし人の面影霞みつつ早稲田の、新宿御苑の桜

可哀想と可愛いの差に躓《つまず》いて桜を浸す水に溺れて

色見本帳の真中に桜色桃色 infatuation と love

遅れてきてまた挨拶が始まって山桜咲き八重桜咲く

枝垂れ桜のように大きな身をかがめ声かけて回るヒューズ先生

この桜の下に地霊は年重ね出会いをいくつお膳立てせし

江戸のひと明治大正昭和のひと踏みしめて地霊ここに幸《さきわ》う

公園のぼたん桜と飛ばされてオタマジャクシの餌になる毛虫

花に隠れた幹黒々と見えてくる卒論ゼミの三年生六名

読んでない何も知らない若者は実に洗脳しがいがあるね

美しいかたちのままに卵胞を出られずに死ぬカマキリの子ら

性教育バッシング、民法改正、「自己責任」論……話す順番を変えては戻し

桜若葉の留学生もコイズミの「感動した」に感染してる

「感動」して忘れ去られる講義などデスクトップのソメイヨシノ

桜のような講義にあらず石を穿ち地にしみ通る四月の驟雨

さざれ石の巌となりて苔のむす、などあほらしく石を撃つ雨

黒い幹を汚す花びらレントゲンとられるように深呼吸して

かさぶたを剝ぐように剝ぐアスファルトに貼りつく最後の花びら一枚

II

割愛

カマキリはショウリョウバッタの心臓をまず食い破り休息を取る

道教え、斑猫の字が跳ね回り子から教わるこれがハンミョウ

まこと絵によく見たけしきと思うまで言葉から躙《にじ》り寄る実体に

物語の中で覚えた「ムカデ」とはスサノオの髪に棲んでいた虫

「雹」が降ると聞いて心底怖かったヤマトタケルを死なしめたから

稲を見て稲と知らない漱石を子規が叱ったように息子よ

遺伝子情報に従う教育の未来とは江崎玲於奈よノーベル賞を返せ

別ヴァージョンの物語求め漁りしよ虫取るように七歳の頃

美和というハンコを捺して江田と書き大田と書きて十一年過ぐ

割愛願のゆくえは知らず退職となるほどそんな言い方もある

愛された記憶はなくて愛を割く紙をば交わす大学の自治

サッカー選手の移籍と同じと取りあえず父母には告げる来年度のこと

国立成育医療センター

ＰＨＳ渡されて待つ院内をイルカの親子のように歩めり

ミルフィーユの層はがすように見せられる長く眠ったままの亀頭を

十五分後に初めて痛みを訴える子を膝に乗せ抱きしめてやる

エレベーターを見上げる君に手を振れば手を振り返す何歳だろう

変な顔と笑うわが子の素直さにたじろぐ痛くなければいいの

君の名前を聞けばよかった異形の子という印象で焼き付く記憶

「神さまは悪戯もなさいますから」と脳性麻痺の妊婦は笑う

子ども部屋のように明るい病院の光の中で死も看取られる

剛速球

交わりのさなかに眠りまどろみのさなかにトリン・T・ミンハを語る

温かく丸いランプを体内に灯したままに朝の雑踏

愛されたあとのからだはふわふわと雲を踏みしめ電車に吸われ

モノレールで白いキャンパスに滑り込む二〇〇三年四月一日

「おっ」「おっ」「おっ」蕾はじけて嬉しそう高校四年生みたいなもんだ

背伸びせよ願いを込めて無理矢理にクラス全員を「さん」づけで呼ぶ

ケイタイに親友はいて取りあえずゆるく明るく皆とつながる

ガラス張りの談話室から手を振るは自称「イケメン」の男の子たち

白門に集う一年生は　あ、軽い、アカルイ未来をぶら下げている

女の警官募集は年に一度だけ剛速球の目が問いかける

生理だろと気遣ったのに嫌われたどうすりゃいいと男子学生

お母さんなのに教授と驚くな二十世紀はもう終わったよ

屈託なく笑う四人の無意識は女でもなく男でもない

平べったく明るく白きキャンパスにうす暗い喫茶店が欲しくて

食べさせて洗って拭いて寝かしつけ私の帰りを待っているひと

小さきお住まい

お会いできなくても当たり前しかれども期するものありてバスに乗り込む

湿気に膨らむ髪撫でつける普段着で高級ホテルに着いたみたいで

エレベーターを降りた廊下に人気なく面会謝絶の病室のよう

病室のようだったならどうしよう震える指でチャイムを鳴らす

促されドアを開けば本を読む日々の空気に迎えられたり

小さきお住まいなれば小さき本の山てっぺんに道浦母都子さんの本

ローラ・アシュレー薔薇の部屋着に包まれてとし子夫人は横になりたまう

主人の歌の調子をよくよくご存じと『飛ぶ練習』にほほえみたまう

同じ空を眺めて暮らす先生のギリシャの丘の写真の微笑

雨上がりの紫陽花一輪折る手間を惜しみしことの悔やみきれずに

新しき戦争を憂える先生に告げがたき若きらの新保守主義を

ライフワークを持てと重たき励ましに近藤芳美は健在なりき

お会いできた感激のまま夜学生に夜のガリ版のお歌を語る

私もそんなつもりではない

英語力の不足補う文学の読みの力の訳に聞き惚れる

諸説一覧書いて足れりの卒論に不満はないか二十八歳

とびひの子連れた真夏の文学部エレベーターに君と乗り合わす

イヨッと挨拶する子のほかにもう一人子がいることまで喋ってしまう

多摩急行の夜の座席で家持もそう模倣から始まりました

よかったらお茶でもなんて言えません五歳児が寝ずに待っているから

そんなつもりじゃないです先生そりゃそうだ私もそんなつもりではない

身の丈を知る若者の生真面目の報われぬこと痛ましきまで

なめらかに『きらい』の一首諳《そら》んじる人麻呂論を書く青年は

しもばらし？　しもばしら？　と問う子を乗せてぐいと土曜の朝を漕ぎ出す

ギルガメシュ

「癒し」にはならぬクルド人監督の映画黙々と列なして待つ

水道もガスもないのに最新の化学兵器は help《ご自由に》 yourself《どうぞ》

イラン人と話したことはただ一度だけど五本も映画を見たよ

戦争を「イラク」と呼ぶ子にギルガメシュとシンドバッドの絵本を開く

夜驚症の子をひっつかむロク鳥の鋭き爪から無事奪還す

日に焼けた畳を隠す茣蓙の肌理《きめ》撫でて楽しむアトピーの子は

報われぬ犠牲いくたび『人魚姫』に轟々と泣き疲れて眠る

君が幸せそうでよかった

駅まで送っていこうかと抱きすくめられストッキングが伝線しそう

ついてきて扉の陰に隠れるはエンジェルちゃんと呼ばれる息子

今朝ママはシャリシャリしてるおんぶした背中からさわるレースのブラウス

おめかしをするのは仕事に行くためと子らは納得して送り出す

新宿西口ホスト募集の看板は自主撤去とぞ惜しみつつ見る

今はもうどれがあなたか花びらのように散らばる歌集のあなた

あなたの引用はいつも私を驚かす安部公房の英語嫌い

途中までついてきた彼はもういない私のことが今もこわくて

立食パーティの網目を上手にくぐるひとと網目に隠れるひとすれ違う

昔よりふっくらとして笑ってた君が幸せそうでよかった

Ⅲ 「匂い」をうたうレッスン

1　秘匿

（チョコレートの箱を開いてチョコレートの匂いをかいで）

今なら、もっといい医療と看護を先生にしてあげられただろうか。十年前、先生は、小児病院の院内学級で絵を教えていらした。うす暗い病室にため息をつき、「いい医療をしているんだから、入れ物も綺麗にしてやりたいねえ」とおっしゃった。それから病に倒れ、あっという間に亡くなった。新しい世紀の初めに病院は建て替えられた。遊び心あふれる色と形の空間に、先生をお連れしたかった。

お見舞いの箱の中身はあげるから箱だけおくれパレットにする

ハイヒールの音響かせた見舞い客をなぐるかわりに見舞いを捨てる

チョコレートの銀紙きらきら落ちて行く病棟の夜の青いバケツに

さっき死んだひとが静かに運ばれるエレベーターホールでウィスキー飲めば

チョコレートは美味しかったか先生は聞かずに水を所望されたり

ちびたチューブの絵の具つぎつぎ絞り出す先生は真剣な子の表情で

コンロ借りてゆっくりと煎る山の上のホテルのココアをお出ししたくて

「中庭が画廊が音楽室がほしいねえまだ歩けるから欲も出る」

小児ガンの子らの毎日の母さんとの別れに先生は涙を流す

若き死に遭うたび今もよみがえり熱に苦しむ闘病の記憶

ナースたちの個性無言で嗅ぎ分けて吸入は彼女点滴は彼

『百万回生きたねこ』もってくる若い弟子は思いやりがあるのやらないのやら

テクストの中でたしかに飛びはねる言葉の主は鬼籍にあれど

「ラジオ深夜便」終わる頃嘔吐は治まれど意気軒昂な先生ならず

ユースホステルの一夜のあとのまぶしさはプラリネ飾るショーウィンドウ

絵の具ちりばめた先生のチョコレートボックスを宝石箱として秘匿する

2　ツォンゴォレンマ?

(元旦の朝の匂い)

あれは誰?　頬ほてらせてあたらしい年を背負って駆けてくるのは

「先生は偏見がない」 そうかしら本当にそうか悩む先生

「ツォンゴォレンマ？《中国人ですか》」通勤電車で囁いて女は別の車両に消えた

知ってる人も知らない人も信じるな彼は教える十歳の子に

ハノイ仕込みの見事な英語に立ちすくみ身構えただけ……かもしれないよ

移民が街を変えていくんだ守りつつぶつかりながら苦しみながら

手際よく取り分け勧める躾ともアルバイト先の姿とも思う

*

儒教道徳が消えたわけではないが、南アジアは女性の社会進出では日本のはるか先を行くという。

東大助教授、後輩の妻は台湾人博士なれども非常勤講師

強姦されたら舌を嚙めよと教わった少女は日本人の妻となる

日本人のワタシが着たら厭ですかソウルで夫が買ったチマチョゴリ

二日から肉のラベルを貼り替える仕事に戻る二人の少女

美しい英語は仕舞い込んだまま町工場でパーツを拾う

若い頃の苦労は買ってでもせよと日本語学校で教わったから

3　叫び出したら

（六本木ヒルズの五十二階の風の匂いを嗅いで）

神の手で攪拌されて睦言も怒声も光の粒子に変わる

蜷局《とぐろ》巻く不協和音も天上に届く頃には和声だなんて

揉み消すことを忘れた自殺報道のアンビュランスの音だけ届く

幸福にも数え切れない形ありパノラマの記念写真の笑顔

これが最後、これが最初とそれぞれに連れ立つ観光名所にひとり

草間彌生のインスタレーション。

干し草が教えてくれたこのビルに光、色、海、匂いだけない

お土産にチョコをどうぞと二度三度「村上隆」に呼びかけられる

痛む足を引きずって杖をついて歩く　カン、ト、カン、ト、カン、ト　正しい響き

赤いドットの部屋で数えるドット数三周目からかなり怪しい

さあ誰が来てくれるかなスクリーンのクサマと一緒に叫び出したら

どうしたらいいかわからんわからんのだわからんわからんわからんわからん

飛び降りる自由は自由ではなくてワタシはワタシここにとどまる

4

薬食同源

（キャベツの葉っぱを剝がしてキャベツの匂いを嗅いで）

日本晴れ誰も畑に出てこないキム婆さんが座っているから

キャベツ刻んでスープに入れて胃袋を休めなさいとキムさんの声

風邪や腹痛《はらいた》くらいで医者にはかかれない在日一世薬食同源

使用人抱えて外車を乗り回したキムさんをもう誰も知らない

たった一軒残ったアパート管理して年金のない暮らしをかこつ

毛の長い犬従えて杖ついて婆さんが出てくりゃみんな引っ込む

ネギ一本でも貰いたがると疎まれても平気なもんだ無年金だから

月に一度一張羅来て行く先は質屋だなんて騙されるなよ

そんなに胡瓜は食べきれないでしょもらったげるニッポン人はとても親切

受け売りの日本語擬音語特殊論韓半島から笑われている

野菜屑ぎっしり詰めて行儀良く煮える肉なしロールキャベツは

キャベツの葉を湯通しするのにこんなにも時間がゆるく流れるなんて

5　緑の明かり

（庭先のハーブを摘んでハーブの匂いを嗅いで）

洋酒六本残して更地になった庭へビイチゴばかり毎年実る

早番遅番休日出勤増えるたび母さんの庭にハーブ増えゆく

やめるしかないかもねって笑うのは三児の母の介護職員

足の裏をママにぴたりとつけて寝るアロマランプに円く照らされ

屋上に寝床を延べる当番の夜に誤射されたイラクの少年

このまま世界は変わりはしないというひとに会うたびいつもひどく驚く

何でも見えるふりをしていて偉そうに話したあとで気づいて止まる

教授という肩書きが彼を丁重にさせてると思うすまなく思う

薊ばかりの野を転げ落ち「悪いことはこれから集《たか》ってやって来るのだ」*

*宮澤賢治

不安の数を数えるために増やすならいっそ割ろうかハーブの鉢を

背中の子にかわるがわるに嗅がせては癒されるのは私のほうだ

実の季節過ぎて元気を取り戻すワイルドストロベリーの葉っぱ

ローズマリーはエリザを燃やすために積む薪のように芽吹き花咲く

泥んこの園児の足を洗う水一掴みレモンバームを放つ

サビ病のミントの葉にはバッタの子五匹もいると子らの呼ぶ声

見えなくても見たいと願うできるだけ世界を等身大の姿で

梅雨空を照らす緑の明かりともキッチンに生けるミントとタイム

6 盛夏

（果物の名を言わず、匂いそのものを歌うレッスン）

夕風は仏間のほうより流れ来る到来物の箱の中から

喉を病む祖父の神経鋭くて仏間の襖は閉ざされしまま

著述家の仏壇のそばに乱雑に古紙回収の本の山

性欲の多寡に男女の区別なく本括る紐のゆるむ一箇所

本括る紐のゆるめる一所より覗く果肉の色匂い立つ

閉め切った仏間に女が立ち上がり帯解く気配夏熟れてゆく

ひそやかな午後の愉しみさわる剝く舐める滴り落ちる転がる

線香の匂いに足は弱りつつ末期の水として吸う果汁

この先は崩れるほかなき断崖の生命の奔流として香り立つ

生きよとぞ励ます果肉嚥下せる喜びののちの惨を思うな

7　立ち上げるまで

（花の名を言わず匂いそのものを歌うレッスン）

夜の駅　音もなく過《よ》ぎる翼ありいっせいに天の扉が開く

朝刊を配るバイクが引き出され走り出す音　雪の降る前

アスファルトにアルミホイルを寝かせては夜の轍を写し取らせる

去りがたく坂のふもとに月を待つ二人の長い影　水たまり

昨日まで自分が死ぬとは思わずに七時のニュースを見ていた死者たち

ああとうとう来てくれたんだ右の手を挙げたら白いドアが開いた

天上を渡る軍馬の嘶きに目覚めて気づく未明の開花

明け方に轢かれた鳩の横たわる公道も花の匂いに濡れる

死の前に和解が必ずあるという虚構を越えて生きのびていく

亡くなってようやく気づくそばにいるだけで何だかほっとしたひと

花の雨　もう少し深く吸い込んで　過去の瓦礫を立ち上げるまで

Ⅳ

英国ごはん

「英国ごはん」という言葉はもちろんありえない。Summer が夏でないのと同じことだ。八月の末まで露地物の苺が食べられる季節が「夏」であるわけはない。それでも、私は毎日夜の六時になれば、ああ、ごはんの時間だなと思って、まだ明るい中庭での読書をやめて食堂の列に並び、食後はバーでシリア人とギリシャ人から水煙草の吸い方を教わった。十二時間飛行機に乗れば身体ごと戻れる日本の暑い夏を、夫と子どもたちと体験しなかったことで、得たことと失ったことを数え上げながら。

「旅立ちです、起きて下さい」と子が叫ぶ目覚まし時計　出張の朝

「ああ、あしたでお別れかあ」など十歳のどこで覚えたクールなせりふ

そっと二階に行く子を追えば「行っちゃだめ」布団にもぐりぽつりつぶやく

＊

シェフィールドの大聖堂に高々と「われらヒロシマをけっして忘れず」

日没までなお四時間を残しつつ大手スーパーも五時には閉まる

美和ちゃんはポエム作るからポエマーと呼ぶ学生は英文二年

あ、西さん、あ、東さんとそよ風がボール蹴るように綿毛を飛ばす

たまさかの夏の陽射しに出盛りの苺頬張って宿題をせよ

寮の塀のブラックベリーを引きちぎり口に入れては町まで歩く

「二個分の値段で三個」の商法は名門書店にまでも及べり

どきどきしながら買ってはみたが水精《セイレーン》と名乗るほどにもあらぬパウダー

朝は冬　日中は初夏　夜は秋　クランブルには熱いソースを

梢をあんなに揺らすのは栗鼠とわかるまで何度食べたか英国ごはん

死者が来ている

徐京植の『ディアスポラ紀行』携えて両姓併記後二度目の出国

着いた日に道を聞かれてfuck offと言われる　かつて炭鉱の町

名簿はとっくに着いているのに到着後に部屋割りをするイギリス人は

未来の自分に葉書を出せと叱咤するEメールばかり打つ学生に

民営化された郵便局で風船とフラップジャックと消しゴムを買う

シェフィールドの日本語サイトでロンドンの天気予報を見る馬鹿者が

リヴァプール行きの列車がないと泣きそうな英語サイトは初心者のアヤ

スペイン人のルイスがサーチエンジンをかければ列車は山ほどありぬ

十字軍もかつて立ち寄りし宿で飲むビターにあざみの綿毛飛び込む

犇いて大声で話し合ううちに仲良くなるのがパブというもの

夜の間に排水口から上りくる指輪より細きゲジとヤスデは

ＢＢＣのシャトルのニュースは十二秒野口さんらしき背中が見えた

重なり合って芝に寝転び星を見る彼ら二十歳のカウントダウン

皿のふちまで汚してよそうお玉より大きそうだな北斗七星

屈託なく流れ星探す　百年後は誰もいないとまだ気づかない

貧困撲滅ホワイトバンドを買う彼ら「フェアトレード」を説明できず

「国民と政府は別」とイラク後の日米を語るシリアの女性

見かけはいかにもアメリカ人だがサラームはサウジアラビアから来た男の子

「あれがロンドン・モスク　すべての災いがあそこから来た」と親切な声

第九交響曲の夜に私のいたはずの空席にテロの死者が来ている

テープカット

ヤマボウシのピンクの花びら震わせてヘリコプターが舞い降りてくる

池に射す銀の機影にボール探す野球少年も空を見上げる

エントランスのあれは菖蒲かアイリスか争う間もなく着陸の音

詩歌文学館は南に広き芝地持つ空より来たる先生のため

テープカットはヘリコプターで行かなきゃとスーツに袖を通したまえり

あふれゆく泉のごときほほえみを取り戻したりとし子夫人も

車椅子用昇降機に乗り王侯のごとき入場をわれら見守る

再会する絵の前にしばし無言なり軍靴と群衆と沈思する子ら

「明星ばりだな」という批判に堂々と応える声ぞ響き来るなり

ソクーロフあるいは小栗康平に撮らせたき映画「芳美の時代」

木下闇

釣り銭を数えられない門番の女性はウルフの散骨を知らず

私たち同じ写真を見てたかも記憶の中の墓所の木下闇

クールベの絵にありそうな空に伸びる高木は墓所のエルムではない

三日の晴れで涸れる小さき水たまり田螺《たにし》の五六粒の息づく

小さな息子と夫を連れたお嬢さんあなたはイタリアの方ですね

そしてあなたは日本人かとこの国に住んでいるかとまず問われたり

ばらまいた (scattered) とわれら言うたび穏やかに埋葬した (buried) と直してくれる

クリケットの少女現れ叔母さんの墓所はあそこと教えてくれる

性的に合わぬ夫婦の広き庭　雄の銀杏が二本聳える

ポケットに石がなくても簡単に溺れそうだな白いウーズ川

ウルストンクラフトは掬い上げられてウルフは死んだ　ポケットの石

海のマフラー

セント・アイヴズ海辺の子らに吹きつける風の官能的な冷たさ

潮風にスカートの下くすぐられ帝都を歩くダロウェィイ夫人

夏の日射しの戻りくる庭さりげなく頭上に広げてくれるパラソル

ああ私言葉にすっかり着脹れて沖へと泳ぐひとを見ている

惜しみなく曝すアイデア今頃はカリブあたりをさまよう画家の

アクセサリー作りの道具をテーブルに並べて留守を守る妹

海の色を波の上から水底まで拾い集めてマフラーを編む

密やかに合わす足裏　交わりを禁じられたるベッドの上で

内診の器具の冷たさ詩を孕むあたりに触れて細く息する

開かれた足の間に今朝産んだ真珠のような詩のひとしずく

地の果て

明るい海に開く駅前ペンザンスはブロンテ姉妹の伯母のふるさと

その名呼ぶだけで美人になりそうな化粧水の瓶ひっくり返す

この宿は朝っぱらから豚ばかり洒落たマダムの上品な愚痴

豚の鮮血の腸詰ブラックプディングは撫子ジャパンの腹に納まる

Japanese people are gentle and polite.（日本人は上品で礼儀正しい）という評判。

ハラキリの侍がポライトになるまでの遥かな道を侮るなかれ

べとつかぬ潮風なれば油断して麦藁帽子を宿に忘れる

いっせいにパラソル開き「テンペスト」一幕二場に降る通り雨

「すばらしい新世界」という糖衣剝げて海の劇場に笑いどよめく

カツオドリとは欲張りの比喩。

写真屋のシロカツオドリは「地の果て」の標識の前で算盤はじく

日本語も英語もしばし午睡せよ波の表情を熟知するまで

あの人の英語は母語じゃないんだと半日遅れて一人笑いす

ボール追う子も犬も帰り夕闇と潮と競って満ちてくる浜

葡萄の香り、噴水の匂い

「親愛なるシャヒド、長崎原爆投下の日の今日、イスラエルのレバノン戦線拡大のニュースに悲しみと憤りを感じています。私はあなたの味方です。でも、ただの詩人で文学の教師にすぎない私には、あなた方は私たちと同じ、世界平和を望む人々だと語ることしかできません。ミワより」

「あなた方」と名指したとたん渾々と湧き出る水はわれらを隔つ

縦に裂く瓜より水は噴き出して恋を隔てりああ天の川

ダマスカスと言葉にすればほのかにも立ちのぼる古代葡萄の香り

シリアが恐怖政治だなんてほほほほ黒田教授より多く学びき

拷問のためキューバ、シリアへ移送する合衆国の闇は底なし

点滅する刹那の生を生き疲れ学生はマクベスを批判するのみ

札幌に出張の夜、モエレ沼公園の「海の噴水」を見に行く。

噴水に悪意なけれど見る者の心を映す夜の噴水

人魚姫のようにはるかに詩人ではない人たちの幸せを見る

夜の森無心に踊る噴水はアンナ・パブロワ素足のひかり

踊りの輪を広げ近づく噴水に焦がれ苦しむわれは黒豹

*

近藤芳美先生、宿題は一つ仕上げましたが、文学者が発言できる場所を新たに作らなければなりません。

「一歌人の死を未来につなげる」投稿は新聞に載らず「しのぶ会」終わる

ジバゴを悼む花を撒くならこのあたりバス停前の小さな広場

言葉、暴力、記憶

映像より言葉で語る拷問に二度三度吐き映画見ている

おまえが受けた残虐もすぐに忘れられ深い歴史の雪に埋もれる

たましいの柱たたずみ太古より語られる日を待つ長い列

語られぬ悔しさに耐えさまよえる死者たちの声風に紛れる

空耳も思い違いも生きていた痕跡として文学にせよ

そんなことをして何になる漆黒のプールに浮かび星を数える

言葉の中に立ち上がるのは輪郭のぼやけたお化け――されど人生

＊

元従軍慰安婦イ・ヨンスさんを囲む会（中央大学九条の会）。

性の商品価値さえなくて死ねよとぞ殴り叩きつけ踏みつぶしたり

指を切り生き血飲ましても救いくれし慰安婦仲間のお姉さんたち

命日に帰った娘に驚いてオモニは冬の井戸に飛び込む

九条の会に英文学の教師がいることをまたも学生に珍しがられる

小説の講義とゆるく繋がれる余談に「口づてでも泣きました」

乗り越して隣のホームに駈け上がる思いがけない詩の訪れに

静かな熱い心で

冬の初め頃からシューマンの第三交響曲「ライン」と第四交響曲に取り憑かれてしまった。できれば一日十回でも聴きたいところだが、家族にも近所にも遠慮して、せいぜい一日二回聴くぐらいにとどめている。何度も聴いてこの曲の魅力を解き明かしたいというよりは、この魅力的な音の集合体を言葉の集合体に置き換えてみたいという途方もない欲望に取り憑かれている。音楽理論家のように言葉で説明するのではなく、シューマンが音楽で行ったことを言葉で行いたいのである。

これまでに、これだと思ったら脇目もふらず、手に入るあらゆるものを徹底的に読んだり聴いたりして、論文を書いたり、短歌や詩を書いたりしてきた。傍目には回り道に思えることほど豊かな収穫につながることを体験的に知っている。インターネットの時代にますます忙しく細切れになる時間と思考の中で、一見役に立たず、無駄に見えるような作業に、静かな熱い心でどこまで真摯に向かうことができるかが、実りの豊かさを決めるだろう。

結局、私はどうしようもないほど「言葉」が好きで、この恋人の魅力をどうやって引き出そうか、この恋人とどうやって楽しく遊ぼうかということを中心に、私の人生は回ってきたような気がする。振り返るたびに青臭さばかりが目立つ人生だが、気宇壮大であること、理想を掲げることを懼れるな、とジョルジュ・サンドが教えてくれた。子どもの頃の夢を実現できた幸運な大人の義務として、文学を通して、生きることと考え続けることの意味を問いかけたい。

この歌集の表紙には、上野省策の油彩画『憂愁』を使わせていただいた。この絵の持ち主である歌人近藤芳美の芸術と人間に対する思いが伝わってくる絵である。二〇〇六年の近藤芳美展（於＝日本現代詩歌文学館）で初めてこの絵を見たとき、近藤さんに師事して本当に良かったと心から思った。
　この絵の使用を許可して下さった故近藤芳美夫人近藤とし子さん、故上野省策氏長男で評論家の上野昂志さんに感謝申し上げる。撮影に立ち会って下さった日本現代詩歌文学館の豊泉豪さん、カメラマンの稲野彰子さんに御礼申し上げる。装丁の大原信泉さん、ありがとうございました。今回も北冬舎の柳下和久さんの本作りに助けられました。ありがとうございました。

二〇一〇年二月一日　　　イギリスでの在外研究を前にして

大田美和

本書収録の「I」「II」「IV」の作品は、2003（平成15）—08年（平成20）に制作され、「歌壇」（本阿弥書店）、「詩歌句」（北溟社）、「北冬」（北冬舎）、「「北冬」SP #001・2004年の桜／725首」（同前）、「未来」（未来短歌会）に発表されました。また、「III」の「「匂い」をうたうレッスン」は、詩人北爪満喜氏との「歌壇」誌上とインターネットサイト「北爪満喜の現代詩のページ」（http://www1.nisiq.net/~kz-maki/）で行われた（04年2月—11月）「香り、匂い」についてのコラボレーションより収録しました。本書収録の歌数は363首。著者の第四歌集になります。

著者略歴

大田美和

おおたみわ

1963年(昭和38)、東京生まれ。著書に、歌集『きらい』(91年、河出書房新社)、同『水の乳房』(96年、北冬舎)、同『飛ぶ練習』(2003年、同)のほか、短歌絵本『レクイエム』(絵・田口智子、97年、クインテッセンス出版)、イギリス小説の研究書『アン・ブロンテ―二十一世紀の再評価』(07年、中央大学出版部)などがある。故近藤芳美に師事。「未来」会員。中央大学文学部教授。

葡萄《ぶどう》の香《かお》り、噴水《ふんすい》の匂《にお》い

2010年4月10日　初版印刷
2010年4月20日　初版発行

著者

大田美和

発行人

柳下和久

発行所

北冬舎

〒101-0062東京都千代田区神田駿河台1-5-6-408
電話・FAX　03-3292-0350
振替口座　00130-7-74750
http://hokutousya.com

印刷・製本　株式会社シナノ

ISBN978-4-903792-25-5 C0092